Liane Spindler

Glückwünsche und Sprüche für besondere Anlässe

Bibliografische Information der Deutschen Nationalbibliothek: Die Deutsche Nationalbibliothek
verzeichnet diese Publikation in der Deutschen
Nationalbibliografie; detaillierte bibliografische Daten
sind im Internet über www.dnb.de abrufbar.

Deutsche Erstausgabe

© März 2015 Liane Spindler

Herstellung und Verlag:

BoD – Books on Demand, Norderstedt

ISBN: 9783734775598

Glückwünsche und Sprüche ...

... zur Jugendweihe	S. 07
... zum Schulabschluss	S. 12
... zum Abschied	S. 20
... zum Führerschein	S. 25
... zum Einzug/Umzug	S. 30
... zur Genesung	S. 36
... zum Hochzeitstag	S. 40
... zur silbernen/ goldenen Hochzeit	S. 45
... zum Beruf	S. 51
... zur Rente	S. 56

Glückwünsche und Sprüche zur Jugendweihe

Auch wenn du jetzt kein Kind mehr bist,
bleib doch ein Kind im Herzen.
Nimm das Leben nicht so ernst,
erfreue dich an Scherzen.

Lass deinen Wünschen freien Lauf,
folge weiter deinen Träumen.
So wirst du als Erwachsener
nie irgendwas versäumen.

Zur Jugendzeit viel Glück und Segen
und viel Erfolg auf deinen Wegen.
Tu Dinge, die dir Freude bringen,
hab Spaß beim Tanzen, Lachen, Singen.

Die Jugend ist eine schöne Zeit,
sie hält so manch Überraschung bereit.
Du wirst groß, du wirst erwachsen.
Mach trotzdem ab und zu noch Faxen.

Die Kindheit liegt nun hinter dir,
die Jugend jetzt beginnt.
Genieße jeden Tag davon,
weil schnell die Zeit verrinnt.

Feiere dein Leben,
lass Sorgen einfach los.
Schau nicht nur in die Zukunft,
du wirst von selbst schnell groß.

Herzlichen Glückwunsch zur Jugendweihe.
Viel Freude im weiteren Leben.
Mögen dich schöne Zeiten erwarten
und dich Spaß und Liebe umgeben.

Wir weihen heute die Jugend ein
und freuen uns deine Gäste zu sein.
Zieh deine Kinderschuhe aus
und lass dein neues Selbst heraus.

Erfreue dich an deinem Leben,
will es dir auch Zitronen geben.
Nicht immer ist es, wie es scheint.
Der eine lacht, der andere weint.

Die Jugend, die hat viele Seiten,
manche erkennst du erst von Weitem.
Doch eines kannst du sicher wissen,
im Rückblick willst du keine missen.

Die Jugend ist nicht immer leicht,
doch hast du sie einmal erreicht,
genieße die turbulenten Zeiten.
Wir werden dich dabei begleiten.

Nun bist du schon groß.
Wo ist die Zeit denn bloß?

Eben noch in Kinderschuhen,
in Muttis Arm, um auszuruhen.

Schon stehst du auf eigenen Beinen
und zählst nicht mehr zu den Kleinen.

Jetzt bist du ein Jugendlicher.
Fühlst dich vielleicht noch nicht ganz sicher.

Doch mögen Veränderungen auch vor dir liegen,
lass dich davon nicht unterkriegen.

Wie ein Schmetterling so bunt,
wie die Erdkugel so rund,
hell wie jeder Sonnenschein,
so möge deine Jugend sein.

Glückwünsche zur Jugendweihe
senden wir dir heut'.
Wir feiern mit dir dieses Fest,
weil es uns wirklich freut.

Dass du jetzt erwachsen wirst
und deine Wege gehst,
dich mutig deinem Leben stellst
und bald auf eigenen Füßen stehst.

Wir wünschen dir viel Glück dabei
und Freude immerzu.
Folge weiter deinem Herzen,
dann bleibst du immer DU.

Glückwünsche und Sprüche zum Schulabschluss

Die Schule ist nun endlich aus
und du flitzt schnell zu dir nach Haus.
Schlau bist du nun und auch weise,
drum gönne dir eine schöne Reise.

Ins Zillertal, nach Ibiza,
nach Amsterdam und Afrika.
Reise an deinen liebsten Ort
und erhole dich gut dort.

Wir wünschen dir viel Spaß dabei,
und dass alles bestens sei.
Lass die Schulzeit hier zurück.
Lebe dein Leben, Stück für Stück.

Wir gratulieren dir zum Schulabschluss,
die Mutti gibt dir einen Kuss,
der Vater einen Brief mit Geld,
damit du klarkommst in der Welt.

Die Oma strickt dir warme Socken,
die Freundin streicht durch deine Locken,
das Schwesterlein umarmt dich doll,
denn du bist einfach wundervoll.

Die Schule hast du nun geschafft,
den ersten Teil des Lebens,
doch schnell wirst du bemerken,
viel Gelerntes war vergebens.

Drum orientier dich heute neu,
tu das, was dir gefällt.
Achte auf den Spaßfaktor
und blick nicht nur aufs Geld.

Mit dem Abi in der Tasche
hast du dein Ziel erreicht.
Nicht immer war es lustig,
nicht immer war es leicht.

Sei stolz auf deine Leistung,
wir sind es in jedem Fall.
Genieße mit deinen Freunden
nun den schönen Abiball.

Die Schulzeit hast du nun vollbracht,
hast viel geflucht und viel gelacht,
hast viel gelernt und viel vergessen,
nicht immer gab's ein leckeres Essen.

Geschafft ist nun die lange Zeit,
das Neue macht sich langsam breit.
Schau nur noch selten jetzt zurück,
denn nur im Heute liegt dein Glück.

Mit Erfolg hast du die Schulzeit beendet.
Hast dich nie vom Weg abgewendet.
Hast stets aufgepasst, damit dir nichts entgeht,
so wusstest du immer, worum es sich dreht.

Konntest in den Prüfungen gute Noten erzielen,
brauchtest nur selten zum Sitznachbar schielen.
Hast die Lehrer der Schule stets glücklich gemacht
und in der Pause mit deinen Freunden gelacht.

Diese innere Mitte bewahre dir weiter,
bleib ganz du selbst, sei fröhlich und heiter.
Hab deine Ziele stets im Blick.
Wir wünschen dir dafür Erfolg und Glück.

Herzlichen Glückwunsch zum Schulabschluss.
Das hast du toll gemacht.
Wir gratulieren ganz herzlich,
und auch die Sonne lacht.

Hurra, die Schule ist vorbei!
Wir freuen uns mit dir, alle zwei.
Wir möchten dir heut' etwas schenken,
damit du kannst ans Neue denken.

Ein Ticket für den Urlaub
und Geld für unterwegs,
Musik für gute Laune,
zum Naschen einen Keks.

Die Zeit, die darfst du jetzt genießen,
lass alle Anspannungen fließen.
Erhol' dich und hab Spaß dabei,
auf Reisen bist du vogelfrei.

Herzlichen Glückwunsch zum Abitur.
Nun geht das Leben weiter.
Wir wünschen dir dafür viel Erfolg.
Bleib stets gesund und heiter.

Für deine guten Noten
möchten wir dich heut' belohnen.
Du darfst noch ein Jahr länger
bei uns zuhause wohnen.

Wir finanzieren dein Studium
und auch dein Mittagessen,
jedoch darfst du vor lauter Lernen
Entspannung nicht vergessen.

Geh ab und zu einmal hinaus,
fahr Fahrrad und hab Spaß.
Und lege dich bei Sonnenschein
hinein ins grüne Gras.

Mit Bravour hast du die Schule gemeistert,
stets fleißig gelernt und alle begeistert.
Zu dieser Leistung gratulieren wir dir
und wollen dich feiern, gleich jetzt und gleich hier.

Zu deinem tollen Schulabschluss
gratulieren wir gern.
Jetzt ist der Weg zur Uni
schon bald gar nicht mehr fern.

Wir wünschen dir dafür viel Erfolg,
Glück, Ausdauer und Mut.
Und klappt etwas mal nicht so schnell,
denk dran: Alles wird gut!

Die Schule hast du nun geschafft,
und hast du manches nicht gerafft,
dann sag ich dir, es ist egal,
vorbei ist jetzt die Zeit der Qual.

Alles, was du wissen musst,
wird dir wieder begegnen,
doch diesmal ohne Lehrer,
der Leistung muss absegnen.

So kannst du dich entwickeln,
so kannst du dich entfalten,
und voller Zuversicht und Mut
dein Leben selbst verwalten.

Ich wünsch' dir dafür Spaß und Glück,
und dass nur Gutes kommt zurück,
dass du immer den Weg klar siehst,
egal, wohin du jetzt auch ziehst.

Glückwünsche und Sprüche zum Abschied

Vor dir liegt ein neuer Weg
mit vielen Abenteuern.
Beschreitest du ihn mutig,
werden wir dich stets anfeuern.

Hab keine Furcht,
blick auf das Ziel.
Doch bleib auch stehen,
wird es dir zu viel.

Und wenn du lieber umkehren willst,
dann atme ein und aus.
Danach gehst du flink weiter
oder kommst zurück nach Haus.

Der Abschied ist gekommen.
Adieu, ich muss jetzt gehen.
Doch werden wir uns in Zukunft
bestimmt mal wiedersehen.

Du hast mir viel geholfen
und viel mit mir gemacht.
Und war ich einmal traurig,
hast du mit mir gelacht.

Nie möchte ich sie missen,
die schöne Zeit mit dir.
Ich hoffe, du kommst bald zurück.
Ich warte einfach hier.

Lange haben Sie uns begleitet,
durch harte Zeiten gut geleitet,
uns immer geholfen, zu jeder Zeit,
und uns von Sorgen stets befreit.

Dafür möchten wir Danke sagen
und Sie einmal auf Händen tragen.
Ein wirklich toller Mensch sind Sie,
vergessen werden wir das nie.

Wir danken Ihnen für Ihre Mühen,
doch müssen wir jetzt weiterziehen.
Die Jahre hier waren wirklich schön.
Bis bald einmal, auf Wiedersehen.

Immer wenn ein Abschied naht,
gibt's traurige Gesichter.
Dabei ist Freude angesagt
und helle, bunte Lichter.

Ein Abschied ist ein Neubeginn,
er ist ein Grund zum Lachen.
Er hält für dich viel Spaß bereit
und lauter tolle Sachen.

Danke für die schöne Zeit.
Ich weiß, du musst jetzt gehen.
Ich werde dich in meinem Herzen tragen.
Mach's gut. Auf Wiedersehen.

Ist der Abschied auch gekommen,
die Freundschaft endet nicht.
Wir bleiben weiter in Kontakt,
wie Sterne durch ihr Licht.

Die Zeit mit dir war wunderschön,
wie schade, dass du jetzt musst gehen.
Für deinen Weg wünsche ich dir Glück
und hoffe, du schaust gern zurück.

Auf Wiedersehen und gute Reise.
Wir wünschen dir viel Glück,
und hoffen, du kommst bald gesund
und fit wieder zurück.

Glückwünsche und Sprüche zum Führerschein

Wir gratulieren dir zum Führerschein,
jetzt ist der Lappen endlich dein,
und du kannst durch die Gegend düsen
und alle Fußgänger schön grüßen.

Etwas Geld für einen neuen Wagen
und einen Tankgutschein für die Spritauslagen.
Das schenken wir dir zum Führerschein
und bitten dich, stets achtsam zu sein.

Herzlichen Glückwunsch zum Führerschein.
Wir konnten es kaum erwarten.
Nun soll dich begleiten nur Sonnenschein.
Wir wünschen dir tolle Fahrten.

Juchhe, du hast es heut' geschafft,
den Führerschein erhalten.
Jetzt kannst du in deinem Wagen
die Gänge ganz durchschalten.

Doch fahr nicht wie ein wilder Stier,
schau auch auf den Verkehr.
Wir wünschen dir viel Erfolg dabei
und Straßen, die stets sind leer.

Den Lappen in der Tasche,
das Auto vor der Tür.
Jetzt kann das Reisen losgehen.
Viel Spaß wünschen wir dir.

Leere Straßen, freie Bahn
und ein Batmobil.
Das ist der Wünsche zum Führerschein
vermutlich etwas viel.

Drum wünschen wir
dir schöne Fahrten,
und dass du nur selten
im Stau musst warten.

Dazu ein Auto,
das immer läuft,
und einen Tank,
der nicht viel säuft.

Fahr vorsichtig.
Bleib auch mal stehen,
denn auch am Wegrand
gibt's viel zu sehen.

Der Führerschein, der ist jetzt dein.
Heut' hast du es geschafft.
Jetzt brauchst du noch ein Auto,
aber keins, das so doll pafft.

Mögen die Ampeln stets grün sein
und die Straßen immer frei.
Mögest du stets gute Sicht haben
und gute Laune dabei.

Möge der Tank stets voll sein
und ruhig stets dein Begleiter.
Das wünschen wir dir beim Autofahren
und Wetter, das stets ist heiter.

Den Führerschein, den hast du nun,
doch gibt es noch etwas zu tun.
Ein Auto brauchst du, und auch Sprit
und 'nen Verstand, der stets bleibt fit.

Fahr immer achtsam und bleib nüchtern,
doch tu nicht so als wärst du schüchtern.
Genieß' die Fahrt, gib auch mal Gas,
denn Autofahren, das macht Spaß.

Die Prüfung ist bestanden,
der Führerschein ist da.
Das wollen wir heut' feiern
und rufen laut: „HURRA!"

Glückwünsche und Sprüche zum Einzug/Umzug

Mit Hammer und Nägeln,
mit Säge und Leim,
habt ihr geschaffen,
ein schönes neues Heim.

Mit Liebe und Farbe,
mit Schönheit und Stil,
strahlt es auch innen,
wie es euch gefiel.

Nun könnt ihr euch ausruhen
und genießen die Pracht,
und euch jeden Tag freuen,
wenn ihr hier erwacht.

Der Umzug ist beendet,

nun ziehst du endlich ein.

Wir wollen mit dir feiern,

das neue, schöne Heim.

Pack weg die Malersachen

und setz' dich auch mal hin.

Jetzt darfst du es genießen,

dass du nun wohnst hier drin.

Heute gibt's 'ne Party,

denn ihr habt jetzt ein Haus.

Genießt es in vollen Zügen,

lebt jetzt in Saus und Braus.

Ein wunderschönes Haus,
das habt ihr euch gebaut.
Hier fühlt man sich geborgen,
egal, wohin man schaut.

Ein Wohnzimmer zum Faulenzen,
eine Küche mit leckerem Duft,
ein Schlafzimmer für nette Stunden
und ein Garten mit frischer Luft.

Schnell werdet ihr euch wohlfühlen,
in eurem neuen Heim.
Und falls mal was kaputt geht,
gibt's von uns Werkzeug und Leim.

Zum Umzug gratulieren wir,
was habt ihr es jetzt schön,
da möchten wir nur ungern
nach der Party wieder gehen.

Lasst die Party nun beginnen.
Hebt die Gläser nun empor.
Das neue Heim wollen wir heut' einweihen,
drum singen wir ein Lied im Chor.

Wir wünschen alles Gute
für euer neues Haus
und nette Mitbewohner,
wie Hund, Katze und Maus.

Ein neues Heim,
das ist jetzt dein.
Hier fühlst du dich zuhause.
Lass uns den Einzug feiern,
mit einer großen Sause.

Mit Pauken und Trompeten,
so gratulieren wir.
Wir feiern deinen Umzug,
darum sind wir heute hier.

Schön hast du es errichtet,
dein neues trautes Heim.
Wir wünschen dir von Herzen,
dass du dich fühlst daheim.

Wir gratulieren ganz herzlich
zu eurem neuen Haus.
Und um es recht zu feiern,
gibt's leckeren Kuchenschmaus.

In deiner neuen Wohnung
beginnt ein neues Leben.
Für einen guten Start
wollen wir dir etwas geben.

Töpfe, Tassen und auch Pfannen,
Wäscheklammern, Kaffeekannen,
bunte Decken, Kuschelkissen,
Duschgel sollst du auch nicht missen.

Mülleimer und Klopapier,
auch das wollen wir reichen dir.
Gabel, Löffel und auch Messer,
damit isst es sich viel besser.

Nachttischlampe, Küchenstühle
und Musik für die Gefühle.
All das soll dir nützlich sein,
in deinem wunderschönen Heim.

Glückwünsche und Sprüche zur Genesung

Schnell schon soll dein Körper heilen,
dein Geist nicht mehr im Bett verweilen.
Die Zellen sollen erneuern sich.
Gesundheit komme über dich.

Hüte das Bett und genieße die Zeit.
Schneller als du denkst, ist es wieder so weit.
Dann bist du gesund und fit
und strudelst bei uns im Alltag mit.

Gute Besserung wünsche ich dir
und Gesundheit zu allen Zeiten.
Lass dich von allen richtig verwöhnen,
so hat die Krankheit auch gute Seiten.

Krankes Hühnchen, kranke Maus,
kannst bestimmt bald wieder raus
und durch grüne Wiesen springen,
zusammen mit den Vöglein singen.

Doch ruhe dich vorher richtig aus.
Hüte das Bettchen und bleib zu Haus.
Schlafend wirst du schnell genesen.
Bald ist es, als wäre nie was gewesen.

Sieh die Krankheit als deinen Freund,
der dir gerade Ruhe schenkt,
der sich gerade um dich kümmert
und immer an dich denkt.

Fühlt er, dass du bereit bist
und wieder fit fürs Leben,
wird er deinen Körper verlassen
und dir Gesundheit geben.

Du kleine, kranke Maus
hütest brav das Haus.
Erhol' dich gut und werd' gesund,
dann läuft es schnell schon wieder rund.

Mögest du schnell genesen,
als wärst du nie krank gewesen.
Möge dein Körper heilen
und sich dabei beeilen.

Ich wünsche dir gute Besserung.
Gesund sollst du bald wieder sein.
Erhole dich schön und pflege dich gut
und genieße die Zeit allein.

Beste Wünsche zur Genesung
senden wir dir, krankes Huhn.
Hüte das Bettchen und schlafe dich aus.
Mehr brauchst du nicht zu tun.

Gesundheit komme über dich,
genesen sollst du schnell.
Dunkle Gedanken ziehen vorüber,
schon ist es wieder hell.

Lass den Kopf nicht hängen,
die Krankheit geht vorbei.
Glaub fest an die Genesung,
so als ob sie schon da sei.

Glückwünsche und Sprüche zum Hochzeitstag

Jeden Morgen, wenn du erwachst
und mich mit strahlenden Augen anlachst,
füllt sanfte Wärme meinen Bauch.
Im Herzen fühle ich es auch.

In dem Moment steht alles still
und du bist alles, was ich will.
Mein Herz schlägt schneller, wenn ich sag:
„So fühle ich nicht nur am Hochzeitstag."

Die Ehe mit dir ist wunderschön,
möge sie ewig halten.
Mögen wir beide stets glücklich sein
und die Liebe sich weiter entfalten.

Zum Hochzeitstag, mein lieber Schatz,

schicke ich dir einen dicken Schmatz.

Mit dir zusammen ist es schön.

So kann es ewig weitergehen.

Gemeistert haben wir Höhen und Tiefen.

Wir haben uns gefunden, wenn wir uns verliefen.

Wir hielten zusammen zu jeder Zeit

und haben überwunden so manchen Streit.

Missen möchte ich keinen der Tage,

und es wird Zeit, dass ich dir sage:

Ich liebe dich, du bist mein Glück.

Mit dir schaue ich sehr gern zurück.

Amors Pfeil traf mich ins Herz,
doch war es ein sehr süßer Schmerz.
Er führte mich direkt zu dir,
und nun stehen wir heute hier.

Seit vielen Jahren Frau und Mann.
Hochzeitstage, die ich kaum zählen kann.
Doch immer noch liebe ich dich sehr
und will der Hochzeitstage mehr.

Einen fröhlichen Hochzeitstag
und ein buntes Fest,
stets Liebe im Herzen
und ein warmes Nest,
strahlende Augen
und Wärme im Bauch,
das wünschen wir euch
und noch mehr Glück auch.

Ihr liebt euch, so dass jeder es sehen kann.
Ihr steht stolz zusammen als Frau und Mann.
Ihr lebt euer Glück zu jeder Zeit.
Ihr seid niemals allein, sondern immer zu zweit.

Das Geheimnis der Ehe habt ihr ergründet,
folgt stets dem Fluss, der in Einheit mündet.
Ihr seid ein Vorbild für jedes Paar,
auch noch im (zwanzigsten) Hochzeitsjahr.

Wir wünschen euch weiter solch glückliche Zeiten
und vom Leben nur die sonnigen Seiten.
Zum Hochzeitstag stoßen wir heute an,
auf die beste Ehefrau und den besten Ehemann.

Wir gratulieren zum Hochzeitstag
und wünschen euch glückliche Zeiten.
Möge die Ehe noch schöner werden
und euch die Liebe leiten.

Schon wieder habt ihr Hochzeitstag.
Schon wieder kommen wir Gäste.
Wir wollen mit euch feiern,
die wunderbaren Feste.

Noch immer seid ihr treu vereint,
strahlt, wenn ihr euch begegnet.
Es scheint, dass eure Ehe
von Amor ist gesegnet.

Möge es so bleiben
und Glück stets bei euch sein.
Dann schauen wir auch zum nächsten Fest
gern wieder herein.

Lasst euch den Hochzeitstag versüßen,
mit einem Geschenk und lieben Grüßen.
Dazu gibt's eine leckere Torte.
Das sind dann auch genug der Worte.

Glückwünsche und Sprüche zur silbernen/goldenen Hochzeit

25 Jahre!
Ein echtes Kunststück.
Ihr habt es gemeistert,
mit Liebe und Glück.

Viel Freude und Lachen
haben euch stets begleitet,
und viel Harmonie
habt ihr immer verbreitet.

Drum lasst euch heut' feiern,
gratulieren und beschenken.
An die schönen Zeiten
sollt ihr heute nur denken.

Zu 25 Jahren gratulieren wir
und wünschen, dass es weitere werden.
Bewahrt euch die Liebe an jedem Tag.
Genießt euren Himmel auf Erden.

25 Jahre Ehe
mit Liebe und mit Glück,
mit guten und mit schlechten Tagen,
wenn ihr heut' schaut zurück.

Ihr habt treu zusammengehalten,
standet füreinander ein.
Wir wünschen euch auch weiterhin
ein schönes Zusammensein.

Die silberne Hochzeit, die feiern wir heut',
und all eure Gäste sind hocherfreut.
Wir jubeln und singen und tanzen und springen,
möge das Leben euch weiter Glück bringen.

In Glanz und Glamour erstrahlt ihr heute,
zur silbernen Hochzeit, ihr Eheleute.

Noch immer schaut ihr euch liebevoll an,
so herrlich und warm, dass man es fühlen kann.

Möge die Liebe euch ewig verbinden
und die Magie eurer Ehe nie schwinden.

Wir heben das Glas. Hoch lebet ihr zwei.
Auch bei der goldenen Hochzeit sind wir wieder dabei.

50 Jahre seid ihr zusammen,

habt geliebt, geweint und gelacht.

Um die Ehe zu krönen, hat der Storch euch vor Jahren

auch (drei) süße Kinder gebracht.

Nun sitzen sie gemeinsam mit euch

bei diesem besonderen Feste.

Und auch eure Enkel sind gekommen,

genau wie viele andere Gäste.

So stoßen wir heute auf euch an,

aufs goldene Hochzeitspaar,

und wünschen euch von Herzen

ein weiteres tolles Jahr.

Vor 50 Jahren hat es begonnen,
da habt ihr einander lieb gewonnen.

Schon kurze Zeit später wurdet ihr getraut
und habt euch wie heute verliebt angeschaut.

Drum wünschen wir euch alles Glück der Welt,
und dass eure Liebe ewig hält.

Mit Liebe, Frohsinn und Heiterkeit,
mit Geduld, Vertrauen und Mut,
steht ihr Seite an Seite
schon 50 Jahre ganz gut.

Damit es fortan so weitergeht,
wünschen wir nur goldene Zeiten
und offene Herzen mit Nachsicht,
solltet ihr euch doch einmal streiten.

Zur goldenen Hochzeit gratulieren wir.
Wir sind froh, dabei zu sein.
Wir stoßen auf eure Liebe an,
mit Champagner, Sekt und Wein.

Zur goldenen Hochzeit wünschen wir alles Gute,
viel Sonne, viel Liebe und Glück.
Wir freuen uns mit euch für die 50 Jahre
und begleiten euch heute ein Stück.

Wir wollen euch feiern und hochleben lassen,
mit euch tanzen auf dem Parkett.
Genießt eure fröhliche Hochzeitsparty
und fallt abends glücklich ins Bett.

Glückwünsche und Sprüche zum Beruf

Wir drücken dir die Daumen

für deinen ersten Job.

Wir hoffen, du hast Spaß dabei

und machst die Arbeit top.

Das Berufsleben nun beginnt

und neue Herausforderungen warten.

Freu dich auf jede einzelne,

so wirst du hervorragend starten.

*Wir wünschen dir alles Gute
zum beruflichen Neubeginn.
Geh immer froh zur Arbeit,
dann kriegst du alles hin.*

*Die alte Arbeit bracht's nicht mehr,
'ne neue Stelle musste her.
So bist du auf die Suche gegangen
und konntest bald von vorn anfangen.*

*Und brauchtest du auch etwas Mut,
der neue Job gefällt dir gut.
Das freut uns alle wirklich sehr.
Hab weiter Spaß dran, jeden Tag mehr.*

Wir gratulieren zum neuen Job
und stoßen auf dich an,
und wenn du immer gern hingehst,
ist die Arbeitszeit nie vertan.

Mit einem Lächeln auf den Lippen
walte deines Amtes nun.
Hast bei der neuen Arbeit
bestimmt einiges zu tun.

Erledige dies Schritt für Schritt
und eines nach dem ander'n.
Dann kannst du glücklich jeden Abend
zurück nach Hause wandern.

Nun bist du dein eigener Chef,
hast selber jetzt das Sagen,
kannst deine Zeiten selbst bestimmen,
brauchst niemanden mehr fragen.

Kannst eigene Ideen entwickeln,
deinen Laden selber führen,
dich selbst zum besten Mitarbeiter
in jedem Monat küren.

Wir wünschen dir Erfolg und Glück
für die Selbstständigkeit.
Glaub jeden Tag ganz fest an dich,
wir tun's mit Sicherheit.

Du hast deinen Traumjob gefunden
und arbeitest gern ein paar Stunden.
Du machst Karriere auf deine Art.
Wir wünschen dir alles Gute zum Start.

Wir gratulieren zur Beförderung
und freuen uns alle mit dir.
Den Aufstieg hast du wirklich verdient.
Viel Erfolg weiterhin wünschen wir.

Schon vor vielen Jahren
bist du wie heute zur Arbeit gefahren.
Nun erntest du den Dank dafür,
das Dienstjubiläum steht vor der Tür.

Zu diesem freudigen Anlass
gratulieren wir gern.
Mögen noch weitere Jubiläen
deinen Berufsweg zieren.

Glückwünsche und Sprüche zur Rente

Die Arbeit lass nun ruh'n.
Du brauchst nichts mehr zu tun.
Kannst dich ins grüne Gras nun legen,
in Ruhe deinen Garten pflegen.
Kannst reisen in die weite Welt,
bekommst nun Rente und hast Geld.
Kannst hüpfen, springen, singen, lachen,
den ganzen Tag nur Schönes machen.
Wie schön kann doch die Freiheit sein,
lass dich von Herzen darauf ein.

Die Arbeit liegt nun hinter dir
und dazu gratulieren wir.
Wir wünschen dir für dein neues Leben,
es möge nur schöne Tage geben.

Jetzt bist du endlich frei
und kannst viele Dinge tun.
Du kannst Skifahren und wandern,
du kannst dich auch mal ausruh'n.

Und all die ganzen Sachen,
für die sonst nie war Zeit,
bist du nun, dank der Rente,
auch endlich mal bereit.

Drum blick nicht mehr zurück,
lass die Arbeit hinter dir.
Genieß' den neuen Lebensabschnitt.
Viel Spaß, den wünschen wir.

Die Rente war dein langes Ziel,
weil dir die Arbeit nie gefiel.
Nun, wo du dich nicht mehr abplagst,
kannst du stets tun, was du so magst.

Nun bist du endlich frei
von der ganzen Schufterei.
Kannst endlich tun, was dir gefällt,
kriegst trotzdem weiterhin dein Geld.

Kein Wecker mehr, der dich früh weckt.
Kein Chef mehr, der dich triezt und neckt.
Wir wünschen dir viele schöne Tage
mit Sonnenschein, gar keine Frage.

Wie viele Jahre sind vergangen,
doch nun ist es geschafft.
Wir hoffen, du hast für die Zukunft
noch genug Mut und Kraft.

Denn nun beginnt ein neues Leben,
im Ruhestand geht's rund.
Wir wünschen dir für diese Zeit,
bleib heiter und gesund!

Das Ziel, die Rente, ist erreicht.
Nicht immer war der Weg sehr leicht.
Doch hast du den Berg jetzt erklommen.
Nun mögen nur schöne Zeiten kommen.

Mit Sonnenschein und Wagemut
geht's auf zu neuen Wegen.
Der Ruhestand, der tut dir gut.
Die Rente ist ein Segen.

Wir wünschen dir alles Gute
zum verdienten Ruhestand.
Nun fahr in den Urlaub und bade im Meer
und lauf barfuß durch warmen Sand.

Zum Ruhestand gratulieren wir
und wollen dich hochleben lassen.
Die Arbeit hast du hinter dir.
Kannst du es schon richtig fassen?

Wie lange hast du den Tag ersehnt,
konntest es kaum erwarten.
Nun kannst du relaxen und dich richtig erholen
in deinem grünen Garten.

Sonnige Tage und viel frische Luft,
ein Vögelein, das dich morgens sanft ruft,
im Radio deine Lieblingslieder
und stets genug Platz im engen Mieder.
Ein Büchlein, das dein Herz entflammt,
und Obst, das aus dem Garten stammt.
Das wünschen wir dir zum Ruhestand.
Genieße die Zeit nun ganz galant.

Bisher erschienen:

ISBN-13: 978-3735719638

Mit dem Buch
'Glückwünsche und Sprüche für feierliche Anlässe'
sind Sie bestens gewappnet für all die Feste,
die jedes Jahr aufs Neue anfallen. Egal ob Valentinstag,
Ostern, Muttertag, Vatertag, Hochzeit, Geburt, Geburtstag,
Einschulung, Weihnachten oder Neujahr - für jeden Anlass
ist ein Spruch dabei, den Sie mündlich vortragen oder in
eine schöne Grußkarte schreiben können.